AF377255

LETTRE
A UN PERE
DE FAMILLE,

SUR
LES PETITS SPECTACLES DE PARIS.

Par un honnête Homme.

Hæ nugæ seria ducunt
in mala. HORAC.

A PARIS;

Chez GARNÉRY, Libraire, quai des Augustins.

1789.

LETTRE

A UN PERE

DE FAMILLE,

SUR

LES PETITS SPECTACLES DE PARIS.

QUELS éloges n'avez vous pas mérités, Monsieur, lorsque vous voyant veuf, jeune encore, et peu riche, vous avez eu le courage de vous retirer à la campagne pour garantir votre fils, et votre fille de la corruption de la capitale, et vous livret tout entier au soin de leur éducation ! là, graces à celle que vous avez reçue vous-même, vous avez pu leur servir de maître dans tous les genres. Leurs progrès ont bien répondu à votre zèle, et à votre habileté ; aujourd'hui que votre fils a atteint quinze ans, et votre fille quatorze, vous revenez à Paris pour leur faire acquérir à l'un et à l'autre ces agrémens, cette fleur de politesse si nécessaire au mérite le plus solide. Déjà ils ont été introduits dans des sociétés analogues à leur condition, c'est-à-dire dans des cercles bourgeois, parmi des personnes simples et unies, chez qui la bonhommie n'exclut ni la délicatesse de sentimens, ni l'instruction. Vous les avez conduits aux tragédies de Corneille, & de Racine; ils ont vu jouer Moliere; mais votre sagesse ne vous a pas permis de leur laisser voir toutes ses comédies. Tandis que vous vous efforcez de conserver leurs mœurs, vous éprouvez de l'inquiétude en remarquant l'ardeur qu'ils témoignent pour être menés aussi aux Petits Spectacles. Des valets que vous avez chassés, engoués comme tous ceux de leur espèce de ces ridicules théâtres, se sont plûs à leur en vanter les pièces, à leur en citer des traits, à allumer leur curiosité. D'un autre côté vous voyez des gens dont la profession est grave courir à ces jeux avec empressement. Pour comble de malheur vous rencontrez tous les jours dans le monde des hommes de sens et d'esprit qui ne rougissent pas de se faire les apologistes de ces farces de baladins; vous soupçonnez du danger dans ces Spectacles; mais la force de l'exemple, la multitude des suffrages, la tolérance du gouvernement vous jettent dans des doutes que votre longue absence de Paris vous rend pour le moment difficiles à éclaircir par vous-mêmes. C'es à moi que vous vous adressez pour que je fixe, dites-vous, votre opinion. Je dois répondre de mon mieux à votre confiance. D'abord, je m'étois proposé d'aller vous communiquer de vive voix mes réflexions, mais elles sont en grand nombre, et j'ai craint d'en omettre quelques-unes ; j'ai appréhendé encore que, dans une conversation rapide et toujours superficielle, nous ne pussions, moi, approfondir la matière, vous, peser mes raisonnemens ; enfin, pour vous donner les lumières que vous consentez à recevoir de moi, il faut que je sois méthodique : tout m'a déterminé à écrire.

J'ai consulté ceux qui pouvoient m'instruire, et j'ai recueilli par ce moyen des anecdotes et des éclaircissemens importans. J'ai suivi les représentations des pièces les plus renommées, j'ai été jusqu'à les lire ; j'ai observé ce qui se passoit parmi les spectateurs ; que vous dirai-je ? Pour vous devenir utile, j'ai essayé de tous ces poisons. Gardez-vous bien père tendre et honnête, de conduire vos pauvres enfans dans ces lieux infâmes.

leurs jours y sont en péril ; leur goût et leurs mœurs s'y corromprront également. Sans doute les risques seroient moindres pour qui n'iroit là qu'une fois ou deux en passant ; mais une triste expérience prouve que le plus grand nombre aime à y retourner, et qu'on ne peut se défendre de cet enchantement, tout grossier qu'il est, à peu près comme les malheureux qui avoient été chez Circé, et qui ne vouloient plus redevenir hommes.

Premièrement les jours des spectateurs sont exposés à plus d'un danger. On s'étonne de la témérité des navigateurs qui n'ont rien, dit-on, qu'une planche entr'eux, et la mort. Eh bien ! tous les jours sept à huit mille habitans de Paris répandus dans les salles de Janot, d'Audinot, de Nicolet, soit aux Boulevards, soit à la foire de Saint-Germain, soit à la foire de Saint-Laurent, n'ont pas de remparts plus assurés contre un élément non moins redoutable que l'eau ; par-tout les édifices de ces histrions sont de bois, du moins en grande partie, et les gens qu'amène une imprudente curiosité ont du feu sur leurs têtes, sous leurs pieds, autour d'eux, au théâtre, dans les combles, dans les coulisses, dans les souterrains. Une étincelle peut embrafer en une demie heure ces légères charpentes incessamment desséchées par la chaleur de tant de lampes, de lustres et de foyers; si le feu prenoit, les issues sont si étroites, la descente des escaliers est si roide qu'on ne pourroit s'enfuir. Il faudroit expirer dans la rage. En attendant que des incendies qui arriveront tôt ou tard dévorent ces amas de matières combustibles, combien l'air qu'on respire dans ces prisons doit-il être mal-sain ! quel effet doivent produire sur les assistans les vapeurs pestilentielles qu'exhalent les corps de tant d'hommes voués, la plûpart, au libertinage, et malades des suites qu'il a toujours ! Des témoins dignes de foi attestent qu'un Phisicien connu par des expériences singulières rendoit sensible à l'œil, pendant les représentations, à la Comédie Françoise, un nuage formé par la transpiration générale, lequel étant trop lourd pour s'évaporer ou pour s'élever jusqu'à la voute, restoit suspendu au milieu de l'atmosphère, comme ces brouillards qu'on voit à la fin de l'automne, le matin, dans les vallées. Qu'auroit-ce été si ce Savant eût fait ces opérations aux petits Spectacles, dans ces trous infects où la canaille de Paris , trop imitée par les autres classes de citoyens , se rassemble ou plutôt s'entasse pour applaudir à des ouvrages auxquels il est impossible de donner un nom.

Me voici, monsieur, au second article concernant le goût. Imaginez-vous de prétendues comédies sans unités, sans intérêt ; pour tout sel des obscénités claires, ou ce qu'on appelloit autrefois des quolibets et qui se nomme aujourd'hui des calembourgs ; figurez-vous des danses dénuées de caractère , et exécutées par de foibles enfans qui s'excèdent , des pantomimes monstrueuses, mélanges de bouffonnerie et d'héroïque, dans lesquelles il y a toujours des duels, des coups de canon , des supplices, et souvent des hommes métamorphosés en chats, en chiens, en ours, en singes.

Vous n'attendez pas de moi, monsieur, que pour prouver ce que j'avance , je cite ici tout le répertoire des Boulevards , et du Palais-Royal. La nécessité de motiver mon avis, afin de vous inspirer un mépris durable pour toutes ces pièces impertinentes me force de vous en faire connoître quelques-unes des plus vantées , et que j'ai vues moi-même : vous pouvez hardiment d'après ces échantillons apprécier tout le reste. Quant à moi, je vous en entretiendrai toujours plus long-temps que je ne voudrois.

Dans l'*Avocat chansonnier*, nom donné au premier personnage à cause de deux couplets sans esprit qu'il fait contre une femme, l'action principale est étouffée par quatre ou cinq scènes épisodiques entre le maître et son valet, entre le maître et son perruquier. Le valet dit entr'autres belles choses, « *je vous entens, la demeure de votre ami est dans la porte cochère du troisième, près d'un carrefour qui commence par un I, Saint-Nicolas du Chardonnet* ».

Le faux *Talisman* est un flageolet. Nicodême que M. Gigot, marchand de vin, appelle Nigaud de même, vient d'acquérir le titre de fermier du château. Se voyant en train de devenir riche, il demande en mariage la petite Colette, aimée de Basile qu'elle aime. Elle est promise à Nicodême. Palémon supplié par celui-ci de jetter un sort sur cette enfant pour la rendre amoureuse de lui, le trahit et conseille à Basile de faire accroire à ce sot qu'il possède un instrument dont les sons mélodieux suffisent pour obtenir tout ce qu'on veut, par exemple pour renvoyer contens des créanciers. Nicodême donne dans le piège ; ce merveilleux Talisman lui est cédé, et en échange il cède son bail à Basile ; on voit bien qu'à l'éclaircissement il ne recouvrera ses papiers qu'en renonçant à Colette.

Le fonds, comme vous voyez, est bien intéressant ; vous n'avez pas d'idée des détails ; la mère de Colette dit : » *je veux qu'elle ait un mari à son aise ; si elle épouse un gueux, ne la voilà t'elle pas bien propre ?* « Il y avoit quinze cens spectateurs au moins à ce chef-d'œuvre, et ils étoient dans l'admiration.

On nous donne pour vraisemblable, dans le *Maître de déclamation*, le dessein qu'à un Marquis d'embrasser la vie comique, & d'aller jouer les valets en province. On nous donne pour raisonnable dans la même pièce, la démarche d'une fille de condition qui va tous les soirs en sécret apprendre à déclamer un compliment de trente lignes pour son père, chez un jeune homme, jadis comédien, de qui elle est respectée.

Le Parvenu, au lieu d'être comme ses pareils,

si bien peints dans Turcaret, un homme dur, hautain, sans mérite, est un agréable qui joint à son élégance la probité délicate et les sentimens philosophiques. L'association, dans l'*Amour quêteur*, de Cupidon avec des religieuses, n'est-elle pas une idée bien saine? n'est-ce pas encore un badinage fort heureux, que le projet de rendre les vers de Racine, sans parler, uniquement par le moyen des doigts? On propose au *Devin par hazard* de deviner ce qu'il y a dans un plat qu'on lui présente; il n'en peut venir à bout, et, dans son dépit, il prononce, en l'air, le nom d'un certain le Coq qui lui a souvent donné l'avis de ne se mêler que de son métier; il se trouve qu'il y a un Coq dans ce plat. Les paysans devant qui cet homme a proféré le mot Coq le croient sorcier.

Un jour que Nicolet devoit donner, disoit-on, deux de ses meilleures pièces, je me déterminai à aller chez Nicolet. En effet, la foule étoit grande aux portes et j'eus bien de la peine à obtenir un billet. Dans la salle, tous mes voisins s'écrioient d'avance qu'on alloit jouer deux comédies superbes, *la Nuit Espagnole & le Trousseau d'Agnès.*

Après une farce misérable entre Paillasse et un vilain homme habillé en Bohèmienne ; après quelques airs communs de tambour de basque ; après les exercices d'un petit garçon, de neuf ans, qui se met en boule, qui saute à la manière des carpes, qui marche sur la tête, qui tire l'oreille à son père, qui lui crache au nez &c. &c. *La Nuit Espagnole* commence.

Un Marquis françois, accompagné de l'Olive, son valet, rode autour de la maison où le barbare Violento tient sa propre sœur, Inès, étroitement renfermée ; il s'agit d'être introduit auprès de la belle. La duegne, Dona-Severa, feint long-tems de résister aux instances du Marquis, et se rend, enfin, lorsqu'elle a entendu le son d'une bourse pleine d'or ; elle récommande aux deux avanturiers de se déguiser en femmes, elle se charge du reste. Cependant elle s'est enflammée subitement pour l'Olive, à qui elle prend le menton, à qui elle promet de l'argent s'il répond à ses feux. Les deux françois, à la faveur de leur déguisement et pendant l'absence de Violento, sont admis chez Inès. Tandis qu'on se prodigue les baisers et les embrassades, Violento revient, tout le monde se cache. Violento apprend que sa sœur est avec une dame françoise; il veut voir la françoise qui paroît voilée, ce qui n'empêche pas Violento de concevoir pour elle une grande passion; elle se retire néanmoins avec l'Olive, qu'elle nomme Finette; au dernier acte, l'Olive, dans ses vrais habits, vient jouer des airs de mandoline, sous les fenêtres d'Inès, signal convenu pour qu'elle sorte en habit d'homme et soit enlevée. Violento qui entend cette musique, s'élance, cherche le téméraire donneur d'aubades; pendant ce tems-là, Inès, déguisée en homme, sort de la maison. Violento force ce cavalier inconnu de mettre l'épée à la main; Inès tombe en s'écriant : « je suis blessée ». Violento reconnoît sa sœur, il est mis au fait de ses amours avec le marquis, et la voyant près d'expirer, il consent à leur union; mais Inès lui dit que sa blessure est feinte, &c. &c.

Ce Drame pillé, commun, puéril, est écrit du style le plus plat. Les efforts de ces farceurs, pour prendre un ton noble et se donner des airs distingués, portèrent mon dégoût au comble.

Cassandre, dans la seconde pièce, devient amoureux d'une jeune fille que madame Prud'homme, femme dont la morale est fort peu scrupuleuse , a recueillie chez elle par charité, quoiqu'elle sçût bien déja ses fredaines; cette honnête matrone prend la peine d'enseigner à sa pupille les moyens d'inspirer de la passion au vieillard. En conséquence, la jeune fille fait avec lui l'innocente , lui demande ce que c'est que l'amour, ce qu'on fait quand on est marié. Cassandre enchanté de tant de candeur, signe et lui fait signer le contrat de mariage , et s'oblige à un dédit de vingt mille francs ; la nôce se célèbre au milieu des danses. Madame Prud'homme présente au nouvel époux, une petite fille, fruit des amours précoces de la nouvelle mariée ; il se fâche et finit par s'apaiser. Il dit, quelque part, à son valet : *laisse là tes raisonnemens saugrenus*, le valet répond : *sot cornu vous-même ;* et en montrant la petite fille à son maître, il ajoute : *que vous êtes heureux ! voilà de l'ouvrage toute faite.*

Ce qu'on applaudit le plus dans le rôle de *madame Pointu,* qui est bègue, c'est que ce défaut lui faisant répéter deux fois la première syllabe des mots *calamité* et *pitié*, elle dit deux incongruités.

L'histoire d'un œil de verre déposé dans un gobelet et avalé, par mégarde, avec une médecine, est le trait saillant du *Café des halles* Selon le narrateur, un apothicaire en posture pour donner un lavement au malade, est fort surpris, et même effrayé, ne sachant pas ce qui s'est passé, d'appercevoir un œil brillant dans un endroit où il ne s'attendoit guère à trouver rien de pareil.

Récemment encore j'ai été aux *grands Danseurs*, et j'ai vu d'abord le *colérique*, dont le valet André veut absolument avoir une jambe ou un bras cassé de la façon de son maître, parce qu'on lui a dit, qu'en ce cas il auroit une rente ; mauvaise imitation d'une Arlequinade plus sensée, dans laquelle Arlequin consent à recevoir quelques coups de trique sur le dos, moyennant qu'on lui paye une amende. La seconde pièce fut *le Valet Favorable*. Ce Valet, échappé des galères, reconnoît une femme qu'il avoit enlevée, & qui lui a été enlevée ensuite à lui-même, par un de ses

Juges. Celui-ci qui croit reconnoître ce vaurien
dit qu'il l'a vu quelque part, à quoi le forçat répond : *j'y vais quelquefois* ; il ne s'agit dans cet
ouvrage que de faux billets, de prostitutions, de
rapt, & de plaisanteries sur la potence.

Le spectacle finit par *La Princesse Blanquette*
aimée de Restaurant, rivale de madame Miroton,
laquelle est recherchée par M. Gargotin. Il y a
peu de termes de cuisine que l'auteur de cette
farce y ait oublié.

A l'*Ambigu*, noble dénomination empruntée
encore de l'art des cuisiniers, l'inscription qui est
tirée d'une prière de l'Eglise, et contient une
froide allusion à l'âge des Electeurs, et au nom
du chef, *sicut infantes Audi nos*, m'a paru un
chef-d'œuvre d'imprudence. Il ne s'agissoit plus
que de citer le bréviaire au bas.

Je ne suis pas le seul qui aie baillé aux *Déguise-
mens*, quoique les deux amans de la Paysanne
déguisés en Jardiniers, se soient chanté pouille
en termes convenables.

Carmagnole est en vers. Carmagnole est encore un cuisinier. Carmagnole, et Güillot Gorgu,
rivaux, se blessent, sont apportés mourants et
meurent

meurent le premier, en disant :

Hélas, j'avois encor quelques Merlans à frire !
un Empirique arrive et se fait fort de les rendre à la
vie, pourvuque le public déclare qu'il eſt content
d'eux. On ne manque pas d'applaudir. Alors nos
deux morts , par la vertu d'un baume merveilleux ,
sont sur pied. Je n'ai été pour rien dans leur
réſurrection.

Un jeune homme entiché de la comédie Bour-
geoise, a rejetté de sa troupe bénévole , un de
ses amis à qui sans doute il croit peu de talent.
Celui-ci , pour lui ôter cette mauvaiſe opinion ,
prend ſuccessivement & à l'inſçu de l'autre, divers
costumes sous lesquels il se présente à lui, d'abord
en jockei , ensuite en cocher, ensuite en jardinier ,
en solliciteuse de procès , en homme ruiné qui
emprunte de l'argent ; à la fin il se découvre et
fait convenir le jeune homme qu'il l'a trompé. Ce
fonds , assez ingénieux , est gâté par l'invraisem-
blance des caractères; tel que celui de l'Homme
ruiné ; fou , vrai fou , qui , en contant dans un
grand détail des malheurs affreux qui lui sont
arrivés , rit à gorge déployée. Cette déplorable
extravagance n'existe pas , ou doit être bien rare.
elle m'a attristé.   B

L'Ambigu s'est emparé de la Féerie. Certes, ses faiseurs n'ont point hérité des graces douces et fines, qui enchantent dans *l'Oracle*, dans *Pygmalion*, même dans *Zénéïde*. Eh ! que feroient-ils ici d'ingénuité, de candeur et d'esprit ?

Le prince *Zulica*, et son amante, sont deux enfans auxquels la fée Diamantine, défend de se voir, et qui se voient, d'où il arrive que le prince, de blanc qu'il étoit, devient noir ; et puis au dénouement, et par la protection de l'amour, il redevient blanc. Cela n'a pu paroître neuf qu'aux *créatures* dont j'étois le voisin. Ce qui l'a été pour moi, ce sont les grands bras, la prononciation affectée, et la laideur de l'amant à qui on dit : *vos charmes*, et le perpétuel hoquet que la jeune fille a employé par supplément à une fenfibilité vraie.

Je vous fais grace du *Serrail à l'Encan*, de la *Dinde aux louis*, de *l'arbre de Cracovie*, de *madame Tintamarre*, de *Malbouroug*, de *Colin Tampon*, &c. Voilà tout ce que j'ai vû, c'est bien assez, je crois.

Tous ces spectacles sont mauvais dans le principe, parce qu'ils ont été institués pour la mul-

titude par des entrepreneurs avides, aidés d'auteurs également nécessiteux et peu délicats. C'est
parce qu'on disoit à Le Sage qu'il falloit plaire au
peuple ; c'est parce que le Sage croyoit, suivant
son mot, qu'il valoit mieux faire de méchantes
pièces que d'être Commis, qu'on l'a vu, avant de
produire Turcaret, enfanter une centaine de mé-
diocrités en Vaudevilles, louer son talent à des
joueurs de Marionettes, s'épuiser en parodies
forcées, en scènes à tiroirs, faire chanter des
êtres métaphisiques incompatibles avec toute
mythologie, charger Arlequin de la défense
d'Homere, et malgré toutes ses ressources,
essuyer souvent des chûtes à la foire. Ceux qui
aiment, je ne dis pas l'excellent, mais le bon,
lisent-ils une seule des soixante et onze pièces
que Fuzelier a brochées seul, ou en société pour
les treteaux, moyennant quelques pistoles qu'on
lui a plus d'une fois payées d'avance ? Lisent-ils
un seul des soixante-neuf opéra de d'Orneval
ou des associés de d'Orneval, qui a vécu et est
mort à la peine ? Lisent-ils le *Magotin*, *la Queue
de Vérité accompagnée de jargon ?* L'Affichard et
d'Alainval, faisoient, le premier au cabaret, le

second, dans les brouettes de place ou il couchoit, faute de lit, des farces dignes de l'un et de l'autre lieu. Fagan, cet aimable mélancolique, cet infortuné pere de famille , qui mourut de détresse et de chagrin; cet auteur d'une petite Comédie pleine de goût, de décence et d'urbanité , s'annonce-t-il avantageusement dans le ruftique badinage des *Eveillés de Poissy* , et dans *l'Efclavage de Psiché*, ou l'Amour fait son confident de Pierrot, qu'il métamorphose en Zéphir ? Panard , a dit de lui-même qu'il étoit *passable coupletteur*; ce mot peu françois exprime bien du moins le mérite de ce Poëte ; il excelloit dans les couplets ; ceux qu'il a faits sur les invraisemblances reprochées à l'Opéra , sont remplis d'antithèses ingénieuses ; mais voilà tout ; ses intrigues sont foibles, sa gaité vous laisse froid , sa morale ennuie, excepté peut-être dans *le Fossé du scrupule* : il trouve des contrastes heureux dans les mots, il n'invente jamais de situation, il ne fait pas rire, il n'a pas de force comique. La nature l'avoit produit pour faire encore des Quatrains de Pibrac. Ce brave homme n'a pas de physionomie. Boissy est insipide à la foire. Piron n'y est pas gai ! eh !

quoi, obligé, après avoir quitté son emploi de neuf cens livres, de travailler à la hâte pour gagner quelque salaire, il composa des misères très-plattes quoique bizarres, *l'Ane d'Or*, *l'Endriague*, le *Claperman*, &c. &c.

On sait que dans sa vieillesse, Piron paraphrasa le *De profundis*. Ses Opéra comiques étoient au nombre des péchés qu'il se reprochoit. Le goût de son côté ne l'a point abfous.

Vadé habitoit avec les Poissardes, et il a inventé le genre Poissard. Voici un exemple de son Anacréontisme. Jerôme, voulant se guérir de sa passion pour Fanchonette, se met à boire *chez* un cabaret ; mais ne *vla t'y pas* qu'il trouve l'amour au fond *du demisquié ?* La Poissarderie n'a plus guere de partisans. Elle indignoit Voltaire.

Combien il en faut vouloir à l'aimable et vertueux M. Favart, d'avoir mieux aimé primer à l'Opéra Comique qu'ailleurs !

Rien ne vous montrera mieux combien ces Spectacles sont dangereux pour les mœurs que quelques observations sur les acteurs, sur les Pièces considérées relativement à la morale, e, sur les Spectateurs. Vous allez voir qu'il n'y a que du mal à remporter de-là. Tout y respire la corruption. Tout y est scandale.

Les acteurs sont, les uns d'un âge mur, les autres des enfans. Les premiers sont l'espèce d'hommes la plus vile qu'il y ait à Paris. Comme le mépris qu'on a en France pour la profession de comédien est double pour ceux des Théâtres subalternes, ils s'embarrassent peu de montrer de la pudeur et de la retenue, de quoi on ne leur tiendroit pas compte. Ils sont vicieux en proportion de ce qu'ils sont deshonorés. Leurs superbes camarades des autres théâtres ne sont que libertins, eux autres sont crapuleux. Parmi les acteurs de la Comédie Françoise, il se glisse quelque-fois des enfans de famille ; parmi ceux des Boulevards, on distingue ceux qui n'ont pas été ou commis, ou soldats, ou laquais. Un compagnon menuisier échappé de son établi, rendit son nom célèbre chez Nicolet par la perfection avec laquelle il jouoit le rôle de savetier. C'étoit un tel vrogne, qu'il s'étoit fait ce proverbe : « *je mé-* » *prise cela comme un verre d'eau* »..... Les femmes, dignes rivales des hommes, ont toutes dans leur figure, je ne sais quoi de soldatesque et de bas en même temps, qui dénote d'abord leur origine, leur éducation et leurs habitudes. Il se peut que l'on exagère leurs débauches qui sont telles, dit-on, que notre sexe ne peut suffire à leur lubricité, et que les Saphos se sont multipliées parmi elles. Il se peut enfin, qu'il y en ait quelques-unes d'honnêtes, mais je puis assurer qu'il n'y en a aucucune qui ait l'air de l'être.

Quels doivent-être les gestes, le maintien, le ton, la manière de s'habiller de pareilles gens? Vous devez croire qu'ils débitent bien leurs turpitudes, et qu'ils savent tout ce qu'il faut pour plaire.

Ceux qui sont plus jeunes, les enfans même, ne leur cédent qu'en expérience, non en émulation.

Je fus admis, avec quelque difficulté, il est vrai, à la répétition d'une Comédie et d'un Ballet. Une vive indignation s'empara de moi, qand j'entendis les leçons que l'on donnoit à ces petits garçons et à ces petites filles. De prétendus Maîtres de goût leur apprenoient comment il faut prononcer les équivoques, comment, dans ces occasions, les gestes doivent-être, tantôt d'accord

avec la phisionomie, tantôt en contradiction ap-
parente avec elle, comment en appuyant sur cer-
taines syllabes, on forme un sens obscène. C'é-
toient des Élémens d'impudicité présentés sous
des termes ordinaires. Au Ballet, ce fut pis encore, si pourtant cela peut se supposer. « Observez, avec soin, disoit - on à une enfant de
» onze à douze ans, observez de tourner amou-
» reusement vos regards sur celui qui danse avec
» vous, et de les ramener avec langueur sur le
» parterre.... N'oubliez pas, après avoir battu
» deux entrechats, de faire la pirouette et de
» déployer votre jambe..... Le comble de l'art,
» disoit-on à une autre, est de savoir balancer
» doucement son corps en penchant le cou, en
» fermant à demi les yeux, en abandonnant ses
» bras... Dans l'allemande, ajouta-t-on quelques
» momens après, tout est perdu, lorsque le
» danseur et la danseuse restent froids. Malheur
» à eux si, au troisième tour ils ne sont pas
» hors d'haleine, les yeux étincelans, les joues
» colorées d'un rouge vif. Malheur à eux si tous
» leurs mouvemens ne sont point passionnés ! si
» lorsqu'ils se séparent, qu'ils se rapprochent,

» que leurs mains s'entrelacent, que leurs bou-
» ches sont près l'une de l'autre, ils n'expriment
» sur leurs visages, ni le desir, ni le refus, ni
» l'espoir, ni le chagrin, ni la volupté ».

Convenez que des élèves si bien endoctrinés doivent faire de rapides progrès. Aussi les voit-on, vous dis-je, disputer au théâtre, d'intelligence et de hardiesse avec les personnes faites. Ils conçoivent, ils sentent les allégories les plus rafinées, et les connoisseurs affirment qu'il y en a tel et telle, parmi eux, qui disent une polissonnerie et lancent des œillades d'une manière que la Dugazon et la Gui-mard ne désavoueroient pas. A la vérité, quelques Spectateurs moins aguerris souffrent de ces succès qu'ils regardent comme autant d'outrages faits à la nature. La pitié se mêle chez eux à la colère, lorsque sur les fronts de ces enfans, ils remarquent, à travers l'audace et la malice qui déjà renforcent leurs traits, un reste touchant d'ingénuité, douce vertu de cet âge. Mais quoi ! cet air de candeur que les impressions du vice, ré-centes et peu profondes, n'ont pas fait disparoître encore, est un appât de plus pour des hommes blasés et dépravés, avides de ces autres primeurs, et

VALABLE POUR TOUT OU PARTIE DU
DOCUMENT REPRODUIT

contens de produire, au lieu d'amour, des sen-
sations sans objet. Ici ma plume hésite. J'ai peine
à achever un tableau qu'il faut finir, pour vous
convaincre de plus en plus des effets que doivent
avoir tant d'infamies.

Dans vos provinces vous ne méprisez pas assez
Paris. L'histoire nous apprend, en rougissant,
que l'affreux Tibère faisoit servir l'enfance même
à ses plaisirs ; mais ce n'étoit pas le crime de
Rome entière ; il n'y avoit point à Rome de
rendez-vous autorisés, de lieux privilégiés, de
foires où l'on exposât cette nouvelle marchandise
bien parée, arrangée avec art, où le riche li-
bertin et le viellard dégoûté vinssent acheter à
ses parens l'innocence d'une fille de dix à onze ans.

Desirez-vous de savoir ce que deviennent à
la fin ces enfans de l'un & de l'autre sexe ? je
vous dirai qu'ils se promenent quelque tems de
théâtre en théâtre sur le rempart, qu'il faut que
les garçons entrent tôt ou tard dans les troupes
ambulantes des Provinces ; que les filles qui ne
peuvent s'élever au rang de courtisannes entre-
tenues, peuplent les mauvais lieux ; qu'en général les efforts prématurés de toute espèce qu'on a

fait faire à ces malheureux, altèrent de bonne heure leurs facultés Morales et Phisiques, et qu'ils se traînent, dans le Marasme, à peu-près jusqu'à trente ans. Quelques-uns se font pendre.

Quand ces Acteurs seroient aussi chastes par eux-mêmes que l'étoient ceux de madame de Maintenon à Saint-Cyr, la licence de leurs pièces ne tarderoit pas à les familiariser avec le vice. Tel est le *genre* de leurs auteurs, de ces vrais successeurs de Thespis. Telle est la prérogative de ces Ecrivains, à laquelle il étoit trop difficile apparemment d'assigner des bornes. Point de ces détours ingénieux que le Spectateur peu fin ne pourroit peut-être pas deviner. On lui donne des ordures intelligibles. Je me borne, pour ne point rebuter votre patience, à un petit nombre de preuves tirées, entre plus de mille, d'ouvrages que l'on voit tous les jours.

Je ne remonterai pas aux premières pièces, je ne vous parlerai point de la métamorphose allégorique de Cybèle dans la parodie *d'Atys ;* du caractere d'effronterie & du stile grivois que l'on donne dans les *Animaux raisonnables* à la Poule toujours nommée *timide* auparavant, de la Loterie du *coq de village*, de la *rose* que M. Hérault eut tant de peine à laisser représenter ; des discours de la tête d'*Acajou*, des spirituelles infamies du *Miroir magique* ; des niaiseries savantes de la *Chercheuse d'esprit*, des *Troqueurs*, de la *Servante justifiée*, du *fleuve Scamandre*, &c. &c. &c. Outre que j'ai honte de la belle érudition que, pour vous servir, j'ai acquise en deux ou trois jours, & que je veux perdre bien plus vîte, je dois, ce me semble, citer peu en cette occasion, & ne citer que ce que j'ai pu voir & entendre.

Cassandre, vieux & goutteux, déclare en termes formels son impuissance pour les plaisirs.

Un Episode d'un poëme rempli de saletés a fait naître une pantomime où Dorothée qui en est l'héroïne se défend devant les Spectateurs, avec un art trop approchant de la vérité, contre les empressemens lubriques du Maire de la ville. Dans la prison, tandis qu'elle est étendue sans connoissance, un hideux geolier transporté d'amour, l'œil en feu, les mains tremblantes de desir, la contemple, lui prend les bras et les mains, paroît à tous momens prêt de se porter aux derniers attentats.

Arlequin & sa maîtresse disparoissent derriere

les rideaux d'un lit, lesquels sont fermés ; et Pierrot qui les entr'ouvre un instant après, indique
par signe aux assistans ce qui se passe.

La vigne d'amour est une allégorie marquée
au coin de l'impudence la plus révoltante. Co-
linette déclare que déjà elle a mordu dix ou onze
fois à La grappe en cachette ; et Dieu sait de quels
gestes elle accompagne ce calcul.

Il est tellement de l'essence de ces vils Spectacles que la pudeur y soit offensée, et les auteurs y sont si fidèles à suivre ce principe, que
jusques dans les pièces qui semblent avoir un but
moral, comme par exemple dans le *fou raifon-
nable* et dans le *nouveau Parvenu*, il y a toujours la part de la canaille. C'est Jacques embras-
sant sa maîtresse à diverses reprises et s'écriant :
ah ! que c'eft bon ! encore… c'est un clerc de pro-
cureur qui offre de l'argent à la servante de la
maison pour…. il n'acheve pas.

Dans je ne sais plus quelle intrigue un Coquin
demande à d'autres, comment il faut s'y prendre pour se délivrer des obstacles que leur oppose
certain personnage, et l'un d'eux répond de
sang froid : *la riviere coule pour tout le monde*

J'ai vu, oui, j'ai vu tous les Spectateurs s'indigner de cette atroce application d'un Proverbe consolant dans son vrai sens; j'ai vu frémir jusqu'aux *Tartares; les Tartares*, Monsieur, sont la foule de gens sans aveu, qui, chaque soir, se répandent sous les galeries, dans le jardin et les différens jeux du Palais-royal.

On m'assure que les *Variétés amusantes*, déjà en possession de sept à huit pièces honnêtes, (je n'en ai vu que quatre à cinq), veulent s'épurer tout-à-fait; ah! tant mieux! ah! graces en soient rendues aux Directeurs. Mais que cette réforme s'est fait et se fait encore attendre longtems? Mais qu'est-ce que sept à huit pièces décentes contre tant d'autres qui ne le sont pas? qu'est-ce que quatre à cinq *Orpheline* contre cent *Assaut de Fourberie !*

Il est tems de parler des spectateurs. J'ai déjà eu occasion de dire qu'il se trouvoit souvent parmi eux des gens de condition honnête. Si ces derniers se montroient là passagèrement, s'ils y venoient avec indifférence ou par esprit d'observation , ils ne laisseroient pas de mériter la réprimande qui fut faite à Caton aux jeux de Flore. *Il falloit ne pas venir ici, ou il falloit t'y tenir caché.* Mais je suis convaincu , par plus d'une découverte, qu'ils ont cédé la plupart à des motifs moins innocens. Chez quelques uns l'espérance de goûter un plaisir peu commun à voir ces tendres beautés s'évertuer autour d'eux a flatté leurs penchans libertins. D'autres veulent applaudir dans la foule leurs maîtresses ignorées du public ; d'autres enfin , profitant d'un sérail rassemblé pour eux, se sont proposés d'examiner à loisir à qui ils donneroient le mouchoir.

Le hasard peut amener aussi quelquefois dans ces lieux d'honnêtes femmes ; mais si elles sont telles réellement, elles ne doivent pas y retourner une seconde fois.

Les vrais *Pi.l ers* de ces Spectacles, pour me servir du terme vulgaire , sont un composé d'hommes sans aveu , de prostituées publiques, de prostituées particulières, d'oisifs, de débauchés. Ceux-ci sont aisés à reconnoître, et ont, si je puis m'exprimer ainsi, un signe sur le front. Leur teint est livide ; leurs yeux sont caves ; l'audace et la menace sont peintes dans tous leurs traits. Ils ne vous ont point encore adressé la parole & ils sem blent vous quereller. Une badine ou un gros bâton, un chapeau de forme bizarre , des bottines , une cravate énorme , un justeau-corps étroit ou bien une redingotte immenſe ; quelquefois des boucles d'oreilles, ainsi qu'en portoient les Perſes, le peuple le plus efféminé de l'antiquité, voilà la manière de s'habiller de ces hommes perdus ; vous vous attendez bien que celle des femmes qui leur ressemblent n'est pas plus décente. Imaginez-vous l'impression que doivent faire sur de jeunes fens leur coëffure printannière, leurs cheveux parsemés de fleurs et de brillans, leur sein découvert, leur dos nud le médaillon de leur amant, placé sur le cœur. Que diroit votre fils, que penseroit votre fille à l'aspect de ces Phrinés agaçant les hommes de leur voisinage, riant de celui dont l'extérieur est simple et modeste, s'agitant sans cesse, traversant debout les banquettes, à l'aide des bras qui leur sont tendus et des épaules sur lesquelles elles s'appuient familièrement ? Voulez vous que celui dont vous desirez faire un bon mari et un bon père entende ces poliſſons se conter jusqu'à leurs maladies, exprimer en style plus que trivial, le jugement qu'ils portent sur chaque spectatrice, mêler aux éclats de rire les juremens, raconter à l'envi sur l'une et sur l'autre, d'affreuſes histoires

toires vraies ou fausses? Voulez vous que celle
dont vous desirez de faire une bonne épouse et
une bonne mere entende, seulement une fois, ces
femmes, la lie de leur sexe, commenter à
leur manière ces pièces dissolues, s'entretenir des
ressources qu'elles ont été chercher au Mont-de-
Piété, des dupes qui sont tombés ou qui tom-
beront dans leurs lacs, s'offrir au premier venu,
conclure sans façon leur marché? Le sentiment
qui m'emporte ne me permet pas d'adoucir mes
tableaux; voulez-vous que vos enfans voyent quelquefois la moitié de ces conventions impudiques
remplie sur l'heure?

On avance en faveur de ces spectacles, qu'ils
nourrissent et qu'ils sauvent de la misère une
multitude de sujets.

On en peut dire autant de bien d'autres pro-
fessions condamnables, de celle des brigands,
par exemple.

On a prétendu justifier par ce raisonnement,
le théâtre en général, mais le métier de Comédien inférieur a cet inconvénient particulier, que
les émolumens, à quelques exceptions prés, y
sont fort modiques,

Aussi les filles y sont forcée, pour ainsi dire, au libertinage. Les hommes languissent, s'endettent, font comme ils peuvent.

Quand même les appointemens seroient plus forts, ces spectacles n'en seroient pas moins, en eux-mêmes, contraires aux bonnes mœurs et par conséquent de trop dans l'état.

Les garçons ont à choisir entre plus de cent moyens honnêtes de subsister, ne fût-ce que le labourage ou le mousquet. Pour les jeunes personnes du sexe, l'Enfant Jesus est un meilleur asyle que l'école d'Audinot.

On objecte encore que ces spectacles sont faits pour le peuple seul, que le peuple seul y va.

Cela étoit vrai autrefois, dans un temps, qu'il faut regretter, où ces spectacles n'étoient qu'absurdes. Mais aujourd'hui, mais depuis que Monnet, le premier, eût décoré ses loges élégantes de taffetas bleu, bordé de franges d'argent, depuis que ces tréteaux ont eu des orchestres réguliers, qu'on y a eu recours à des danses voluptueuses, à des évolutions militaires, à des pantomimes ; depuis qu'on a eu la liberté de former des troupes

dé comédiens-enfans, depuis enfin qu'au fond
des pièces qui a été conftamment le même, c'eft-
à-dire, effentiellement ridicule, on a ajouté des
accessoires propres du moins à flatter les passions,
la bonne compagnie a appris le chemin du Préau
de l'Abbaye, du fauxbourg Saint-Laurent et de
la rue de Richelieu. D'abord, elle gardoit l'in-
cognito ; insensiblement la licence même de ces
jeux là, accoutumée à se mettre au-dessus de
la gêne des bienséances, dernière sauve-garde des
mœurs. Tous les Etats mêlés ensemble, en ont
été plus hardis à braver la honte. Sous prétexte
que ces représentations sont des sottises sans
conséquence, on y a été sans mystère. Tout en
haussant les épaules de pitié, on s'est empressé
d'aller s'y corrompre le cœur. Le Chevalier de
Saint-Louis s'y est trouvé à côté du Perruquier,
le maître à côté du valet. Lorsqu'Antoinette
d'Autriche arriva en France, on crut qu'il n'y
avoit rien de mieux pour lui donner une première
idée de notre politesse, que d'envoyer jouer devant elle, sur sa route, les acteurs de l'Ambigu-
Comique.

Je n'aime pas d'ailleurs qu'en parlant du peuple,

on paroisse supposer qu'il importe peu qu'ils soit perverti ou non.

Enfin l'argument que l'on tire de la nécessité de retenir pendant plusieurs heures quantité de mauvais sujets, que le désœuvrement porte à toutes sortes de désordres ; ne me paroît pas solide ; puisqu'au sortir delà, ils sont plus disposés que s'ils n'y étoient pas venus, à donner l'essor à leur pétulance. Tous ces aiguillons de luxure excitent leurs sens, exaltent leurs têtes, augmentent en eux l'envie de mal faire, sans leur ôter le goût d'une vie molle et oisive. Pour les distraire, vous les enflammez. Ils n'étoient que désoccupés ; les voilà de plus, transportés du desir de réaliser dans la société ces fictions théâtrales. Consultez les registres de votre police, vous verrez s'ils s'en tiennent à l'intention. En vérité les extravagances des confreres de la passion valoient mieux ; on s'y divertissoit aux dépens du Diable. Les bêtises de Briché étoient préférables à vos passe temps honteux.

Les effets que produit l'assiduité aux spectacles forains sont, tous funestes ; perte de temps, faux jugemens sur de objets graves, négligence des devoirs, libertinage, en voilà les principaux, et ils sont communs aux deux sexes (avec les différences que les deux sexes comportent nécessairement) et des individus ils s'étendent à la Nation entière.

Les philosophes sévères ne font pas grace, non plus, à l'Opéra, aux François, aux Italiens; mais leur censure ne porte point sur la perte de temps; ils trouvent qu'il n'est que trop bien employé à ces trois Théatres, à l'exception, peut-être, de celui d'Arlequin. Nicole, contemporain de Molière, de Racine et de Quinault; J. J. Rousseau, contemporain de Voltaire, appellent les ouvrages de ces hommes célèbres, des poisons publics, mais non pas des inepties.

De la perte du tems s'ensuit nécessairement la négligence des devoirs ; les affaires du déhors et celles du dedans souffrent de ces fréquentes absences.

Cet homme ou cette femme, dont l'ame a été échauffée par des tableaux licencieux et s'est remplie de sornettes, ne peut guères s'intéresser aux soins du ménage, au travail du bureau, du comptoir, du magasin, de l'attelier; que sais-je, d'un emploi quelconque, qui soit fastidieux et assujettissant; le corps languit à la besogne, l'esprit est aux boulevards. Les jeunes gens condamnés à l'apprentissage d'un état, par exemple, les étudiants que rebute l'austérité des maisons d'éducation, n'ont pas plutôt respiré les vapeurs ennivrantes de ces lieux, qu'ils tombent dans un mortel assoupissement. Il n'est qu'un plaisir, il n'est que deux besoins pour tout ce peuple d'oisifs volontaires; ils s'écrient aussi : *du pain et le Cirque.*

Pour la foule très-nombreuse des sots, des ignorans, des gens peu délicats, et des hommes sans goût, sans savoir et sans expérience, ces spectacles réunissent tous les inconvéniens. S'ils ne faisoient que corrompre le langage en le remplissant de calambourgs, en augmentant sans cesse le dictionnaire de nos expressions basses; s'il n'y avoit à déplorer que cette manie des pointes et des jeux de mots, qui a subjugué tous les états sans en excepter les plus distingués; si les suites de ce vertige se bornoient à un excès d'admiration pour des platitudes, à la décadence de la Tragédie et de la Comédie; à des innovations malheureuses dans les arts, on plaindroit une nation chez qui tout devient peuple. Dans le dessein de bien apprécier et d'humilier les classes inférieures qui doivent aux vices des autres ordres l'extrême ascendant qu'elles ont pris, on compareroit la multitude françoise avec ces soldats d'Athènes prisonniers chez les Siciliens, auxquels ils récitoient les tragédies d'Euripide ; avec la populace d'Angleterre qui sent les vraies beautés de Skaspeare, avec le paysan Italien qui improvise en musique et en poësie, avec l'ouvrier Suisse qui a une bibliothèque ; on attendroit que la satiété des mauvaises choses ramenât les petits et les grands aux bonnes, où l'on feroit des efforts pour se consoler de n'avoir perdu que le goût, quoiqu'il ne soit rien moins qu'étranger au bonheur des hommes policés. Mais il s'agit bien d'un autre intérêt ; il s'agit d'un nouveau degré de futilité ajouté au caractère national, d'un esprit de bouffonnerie, devenu l'esprit de tout le monde, et qui consiste moins encore à découvrir le ridicule où il est, qu'à le supposer où il n'est pas ; travers funeste, dont l'influence combinée avec tant d'autres causes, telles, par exemple,

que la fureur de philosopher tend à détruire tous
les principes sur lesquels sont fondés la pudeur,
l'amour conjugal , l'attachement des pères
pour leurs enfans, et celui des enfans pour leur
père, le respect dû à l'âge avancé , &c. &c.
A présent c'est à vous à observer la société, vous
verrez bientôt si je déclame ou si je calomnie,
lorsque j'avance qu'aujourd'hui on rencontre par-
tout des gens atteints de la maladie de Démocrite,
pour lesquels, crime ou vertu, rien n'est sérieux.
Quantité dé faits , et publics et particuliers, prou-
vent que la morale de l'égoïsme est la seule qui
nous soit restée, et que notre façon de penser a
subi une révolution comme notre langue. Une
des principales sources de ces opinions nou-
velles est à la foire, aux boulevards & autres lieux
semblables, c'est là que l'on puise des leçons
depuis plus de vingt ans, c'est là que se forme
une génération qui va dominer à son tour et qui
est si ignorante, si inappliquée, si présomptueuse
qu'en vérité elle sera pire que celle qui l'a pré-
cédée. Écoutez un propos fort en vogue parmi
nos jeunes gens de la cour, et reconnoissez, à
la noblesse du style et au fond même de l'adage,

l'école où ces messieurs ont été s'instruire ; *presque tous les gens*, disent-ils, *qui sont arrivés à cinquante ans, ont oublié de se faire enterrer.*

Nulle part le libertinage n'est aussi favorisé qu'à ces spectacles ; ce n'est pas qu'il ne le soit beaucoup trop aux autres ; mais enfin, l'opéra est un genre si fade, la comédie est devenue si épurée, la tragédie est par elle-même si austère, que les mœurs courent bien moins de dangers aux grands spectacles qu'à ceux dont il s'agit ici, et qui sont, puisqu'il faut le dire, autant de temples consacrés à la déesse de Paphos ou même au dieu de Lampsaque.

Vous savez, Monsieur, sur quoi roule le sujet de toutes ces pièces, le jeu répond au sujet ; la volupté, pour mieux séduire, met ses conseils dans la bouche de l'innocence ; et de peur que les leçons qui se débitent sur la scène ne soient perdues, il arrive de tous les quartiers de la ville, d'amples recrues de *filles* qui se répandent dans l'amphithéâtre, dans les loges, dans l'orchestre ; et font ensorte de se partager les spectateurs. Elles sont si utiles, que plusieurs d'entr'elles sont reçues gratis ; leur présence est le véritable assaisonnement de ce spectacle, elle tient lieu de l'esprit, de la finesse, de l'intérêt, qui manquent aux productions qui sont représentées.

Ce sont, convenez-en, des institutions bien commodes que celles où l'on trouve ainsi à sa portée la théorie et la pratique.

Je ne vous ai point parlé des Redoutes, des Wauxhals, vrais mauvais lieux d'où il est impossible de sortir chaste. Là sont des escarpolettes où les femmes publiques se balancent, dans des attitudes conformes à leurs vues. Là sont des danses où l'on retrouve encore l'enfance. Dans les salles vous rencontrez un monde de courtisannes sous les armes. Il y a des limonadiers, des traiteurs, des marchandes de modes, des marchands de bijoux, toutes sortes de facilités pour faire une noble dépense.

Vous voyez l'impression que doivent produire sur des têtes inexpérimentées tant de moyens de séduction réunis. Aussi guère de jeunes gens n'y résistent. (Il est question ici principalement de la jeunesse). S'ils arrivent innocens, ils s'en retournent pervertis; s'ils viennent corrompus, ils s'en vont plus corrompus encore; tant ce terrein

est bon pour développer rapidement le germe
de libertinage qui nous est commun à tous! Bientôt
ils ne connoissent plus de frein; ils n'ont plus
d'autres galleries, pour me servir de l'expression
ordinaire que ces tripots. Ils ne connoissent d'autres
chef-d'œuvres dramatiques, que les ouvrages de
Taconet et de Dorvigny. Ils n'ont d'autre compagnie que celle d'hommes et de femmes viles.
De-là toutes sortes de travers, de vices et de maux;
la fatuité, le mépris des bienséances, et en particulier le mepris des femmes, les excès de la
table, la crapule, la fortune manquée ou ruinée,
la santé cruellement compromise.

Ils ne peuvent que concevoir une haute opinion
d'eux-mêmes et se former une fausse idée de ce
qui constitue le vrai mérite, lorsque les femmes
perdues, avec lesquelles ils vivent habituellement,
et qui souvent deviennent éprises d'eux, les louent
sur quelques minces avantages qu'ils possèdent,
ou même sur quelques défauts que des femmes
estimables n'ont pas toujours le courage de haïr,
savoir, l'étourderie, le faste, l'arrogance, les grands
airs.

Tout n'est pas perdu, s'il reste de la pudeur.

Mais comment un homme (je peins les faits)
qui tous les jours vient publiquement savourer
l'infamie, qui, à la face de ses connoissances,
de ses amis, de ses parens peut-être, se jette
parmi cent proftituées , les attaque de conversation, répond à leurs apoftrophes, leur donne
le bras, les promène par la ville, à pied ou en
voiture; comment un homme qui ne se respecte
plus lui-même, respecteroit - il encore quelque
chose? Il doit en venir par dégrés jusqu'à étendre
à toutes les femmes les dénominations qui ne con-
viennent qu'à ses maîtresses. Du mépris pour le
sexe naissent l'éloignement de toute galanterie,
la brutalité, la haine du mariage, ou si ces gens
se marient, dieux! quels époux!

Une des suites, ai je dit, de la fréquentation assidue
de ces spectacles, c'est la ruine de la fortune.
En effet, ou leurs partisans, presque tous jeunes
gens, ont leur fortune faite, ou ils l'ont à faire;
s'ils ont à la faire, ils n'y réussiront pas, sans
doute, en vivant dans l'oisiveté et la mollesse.
Si elle est faite, elle ne tardera pas à diminuer
ou même à s'anéantir entièrement, graces aux occasions prochaines et multipliées, qu'ils ont de

faire de coûteuses liaisons. On montre au doigt, dans la capitale, une foule de gens qui ont englouti là leur patrimoine. La porte d'entrée, à tous ces sanctuaires du plaisir, est ouverte par les ris, les amours, le dieu du vin, le dieu du jeu, le dieu de la table. A la porte de sortie veillent dans un coin la pauvreté, la honte et le désespoir.

Je pourrois ajouter, la mort. C'est presque toujours à une fin douloureuse et prématurée qu'aboutit la débauche, dont ces théâtres sont le foyer. La maladie si justement nommée honteuse, y consume en secret la fleur des deux sexes; ensorte que les trois quarts de ceux qui sont là pourroient impunément, je crois, au lieu d'employer nos formules ordinaires de politesse, user de la phrase Espagnole, *comment va le mal vénérien?* Avec quelle horreur le jeune imprudent qui court dans les bras de ces nymphes folâtres fuiroit loin d'elles, si l'on pouvoit, par un cinisme utile, lui découvrir le hideux et véritable état de leur santé, si les dépouillant de leurs charmes postiches, on lui faisoit voir qu'il va jouir de la gangrène.

Peu importe que vous soyez tenté encore de m'accuser de tomber dans l'hyperbole, que vous

riez de l'expression trop franche ou trop éner-
gique de mon zèle ; je pense qu'en exposant
vous-même, vos enfans à périr par des accidens
très-possibles, à se gâter l'esprit, le jugement &
le goût, à perdre leurs mœurs, à subir toutes
les peines et tous les malheurs attachés à une
vie déréglée, ce seroit de votre part, monsieur,
non-seulement renoncer à la qualité de guide
et de pere, mais devenir leur propre corrupteur
et leur assassin.

F I N.